中華親子繪本

空飯盒

文 / 艾文兒 星火　圖 / 星火

中 華 教 育

我是小區裏自由的流浪狗。

花壇邊有一個空飯盒，那是小區裏的一位小姑娘給我準備的。

每天，小姑娘和她的奶奶都會給我帶來好吃的。

其他人有時也會給我送吃的。經過的人偶爾還會停下來
看看我，或者和我玩一會兒。

有些調皮的孩子時常捉弄、嚇唬我，
看到我害怕，他們就哈哈大笑。

我感謝善良的人，討厭欺負我的人。

不知從哪一天開始，飯盒裏的食物越來越少。最近幾天，飯盒都空了。

來來往往的人忽然都不見了，
偶爾有人匆匆經過，也都戴着奇怪
的面罩。

街上空空蕩蕩，商店也都關門了。

偶爾看到一個人，我
忍不住去親吻他的鞋子，
可是他卻慌張地躲着我。
這是怎麼了？

人們都去哪裏了？
為甚麼沒有人來餵我了？
好幾天沒吃東西，我都餓瘦了。

我好想念可愛的小姑娘和老奶奶，想念忙忙碌碌的行人，想念每天滿滿當當的飯盒，甚至想念那些愛欺負我的調皮孩子。多麼希望能回到從前啊！

忽然有一天，小姑娘和老奶奶
把我带回了家。

小姑娘說：「現在不能每天出來餵小狗了，奶奶，我們把牠帶回家，好嗎？」

小姑娘的爸爸媽媽去很遠的地方了，
一時半會兒回不來。

聽說有的人家把貓貓狗狗丟棄了，說牠們會傳染病毒。小姑娘打電話問爸爸媽媽是不是真的。他們說，只要小貓小狗經過檢查，做好防疫，保持良好的衛生習慣，就可以減少被傳染的可能。

在小姑娘的苦苦哀求下，
爸爸媽媽同意她收養我了。

醫生幫我做了健康檢查，打了防疫針，
還把我洗得乾乾淨淨。

現在，我有家了。我和小姑娘，
還有奶奶一起等待爸爸媽媽回來。

空飯盒被種上了花。小姑娘說，等花開的時候，
街上就會和從前一樣了。

我們三個一起等着花開的那一天。

小願望裏的大感動

季琴

深圳市羅湖區清秀幼教集團教學園長

　　繪本《空飯盒》取材於疫情發生後社區裏的日常生活，通過熟悉的生活情景、樸實的人物、細膩的語言，以小見大，從動物的視角生動描摹了人與動物共生共存的和諧關係。

　　在繪本中，小姑娘為社區裏的一隻流浪小狗準備了飯盒，這裏的居民給牠投食、跟牠玩耍，小狗生活得非常快樂。然而，一夜之間，社區、街道和飯盒都變得空蕩蕩的，突如其來的清冷讓小狗感到孤寂和困頓。小狗的遭遇牽動着讀者的心。小狗會繼續流浪嗎？牠會餓死嗎？故事的結尾，善良的小姑娘說服了爸爸媽媽，讓他們同意自己收養小狗，給了小狗一個溫暖的家。

　　細細品味，繪本中的圖畫語言、文字語言和教育語言有機結合，傳遞着富有深意的內涵。

·故事的獨白質樸又生動

　　繪本通過小狗的內心獨白講述故事，幫助讀者很快地進入其內心世界，感受被別人照顧、關心、忽視、珍惜等一系列生活的變化，我們隨着小狗一起變得快樂、失落、充滿期待……這對於孩子來說，是體驗真實生活的一種途徑，讓孩子了解生活並不都是美好的，總會有失望、難過的時候，我們要學會坦然面對，積極解決。

• 故事蘊含人與動物的和諧關係

「空飯盒」不僅是小狗和小姑娘之間的紐帶，也是人與動物之間的紐帶。在故事中，小姑娘照顧和收養小狗，給牠打防疫針和洗澡，小狗給小姑娘帶來快樂，他們相互陪伴、相互需要。人在兒童時期，自然屬性佔主導，容易與動物產生共情。培育孩子的愛心，不僅要告訴他們不要傷害小動物，更應該讓他們了解動物的想法與感受，了解如何與動物正確相處。這是一次珍貴的生命教育，讓孩子明白每一個生命的可貴，萌發對動物、對人的愛護以及對生命的熱愛。

• 故事裏蘊含對生命的關愛

新型冠狀病毒的肆虐一方面讓人們害怕，一方面也讓人們更加關愛生命。街道雖然冷清，卻可以避免病毒的傳播，這是關愛生命。小姑娘收養小狗，也是關愛生命。小姑娘的父母作為醫生前往一線更是一種大愛。小姑娘盼望着和爸爸媽媽的團聚，這份期待是她對爸爸媽媽深深的愛。愛，不僅是對自己，也是對別人；不僅是對人，也是對動物，甚至一草一木。愛，更需要大家在危難中相互幫助，讓愛傳播！

「空飯盒」，它是一個象徵，象徵着疫情下空蕩蕩的清冷街區，被填上的「空飯盒」象徵着人與動物、人與人之間的「情」，空飯盒裏開出的花則象徵着在愛的灌注下萌發出的希望。

中華親子繪本

空飯盒

文 / 艾文兒 星火　　圖 / 星火

◎ 責任編輯：劉萄諾
◎ 裝幀設計：鄧佩儀
◎ 排版設計：鄧佩儀
◎ 印　務：劉漢舉

出版｜中華教育
香港北角英皇道 499 號北角工業大廈 1 樓 B 室
電話：(852) 2137 2338　傳真：(852) 2713 8202
電子郵件：info@chunghwabook.com.hk
網址：http://www.chunghwabook.com.hk

發行｜香港聯合書刊物流有限公司
香港新界荃灣德士古道 220-248 號荃灣工業中心 16 樓
電話：(852) 2150 2100　傳真：(852) 2407 3062
電子郵件：info@suplogistics.com.hk

印刷｜美雅印刷製本有限公司
香港觀塘榮業街 6 號海濱工業大廈 4 字樓 A 室

版次｜2022 年 4 月第 1 版第 1 次印刷
©2022 中華教育

規格｜16 開（230mm x 230mm）

ISBN｜978-988-8760-73-2